KB120550

꽃들은 바람에 무게를 두지 않는다

천년의시 0134

꽃들은 바람에 무게를 두지 않는다

1판 1쇄 펴낸날 2022년 7월 22일
지은이 오영자
펴낸이 이재무
기획위원 김춘식, 유성호, 이형권, 임지연, 홍용희
책임편집 박찬세
편집디자인 민성돈
펴낸곳 (주)천년의시작
등록번호 제301-2012-033호
등록일자 2006년 1월 10일
주소 (03132) 서울시 종로구 삼일대로32길 36 운현신화타워 502호
전화 02-723-8668
팩스 02-723-8630
블로그 blog.naver.com/poemsijak
이메일 poemsijak@hanmail.net

오영자 ©, 2022, printed in Seoul, Korea

ISBN 978-89-6021-644-0
        978-89-6021-105-6 04810(세트)

값 10,000원

꽃들은 바람에 무게를 두지 않는다

오영자 시집

천년의
시 작

시인의 말

10년이 훌쩍 지나서 두 번째 시집이라니
늦어도 많이 늦었다
너무 멀리 걸어왔고
시와 너무 멀어졌다는 생각마저 든다
그사이 꽃이 내게 왔고
꽃들과 생활하면서 10년이 흐른 듯하다
모든 존재가 꽃이듯
세상의 모든 꽃들에게 마음 전하며
살아지려는지 모르겠다
오늘도 나의 공간에는
온갖 꽃들이 가득하고 꽃들과 함께한다.
마치 꽃을 보는 일이 시를 보는 일과도 같아서…….
또 3집은 언제나 엮어지려는지……. 다시 또 설렌다.

2022년 여름 시인의 꽃집에서

차 례

시인의 말

해 설

별이 뜬 날

첫아이를 낳던 날
"아버님 그 사람 애기 났어요" 신랑이 전화를 했다고 한다.
아버지 "이 사람아 그런 거짓말 하지도 말게
그 애가 어떻게 애를 낳나?
곧이가 들리는 말을 하게" 하셨다고 한다

운전면허증을 따고서는
아버지께 "운전면허증 땄어요" 하고 면허증을 보여 드렸더니,
"운전면허 시험장에 전화해 보아야겠다.
기계가 고장 났는가 확인해 보라고"

내가 엄마에게 혼나고서 아침밥을 안 먹고 학교에 간 날
애들이 "너희 아버지 오셨다" 그런다
교실 뒷문을 바라보니 아버지가 도시락을 들고 서 계셨다.
나는 순간 얼굴이 빨개졌다.

나도 부모님에게 별이었을까?

벽

오- 이런
이토록 지독하고 냉정하게 서서
철저히 자신을 지키고 서 있네
지나쳐 간 형체들의 소리, 냄새, 말과
풍경들까지 제 속에 채우고
드러내지 않고
어둠 속의 그림자마저 가두고 서 있네
촘촘하게 뚫려 있는 뼈 속의 구멍들처럼
다가오는 시간까지도
선 채로 담담하게
묵언의 호흡으로 응시하고 있을 뿐

지금도 내게로 달려오는 풍경들
이미 지나쳐 간 땀방울 같은 것들도 편편하게 깎아 내고
현재의 여백들을 또 쓰다듬고 있는가?

삼월에는

시린 바람
솔밭 길을 지나는 동안
그 몸의 한기를
온몸으로 쓰다듬으며

말없이 바람을 맞이하는 일은
나무의 곧음이 생겨나고
거칠어진 살갗은
제 안을 키운다

인내의 향기는
지독한 것이라서
매일 찾아오는 햇살에도
시름의 온기가 달리고

햇살의 시절에 닿으면
눈망울들은
온 힘 다해 밀어낸 힘으로
사알짝 몸을 올려 준다

천주를 돌리며

수천 년 전
무수한 소망이 달려서
둥글고 아득히 먼 것들이
한 생각 지나고서
다시 한 생각을 건너서 걸어간다.

생생한 생의 음표들이
한 알씩 엮어진 줄
울퉁불퉁한 길을 걸어서
무수한 나와 만나지는 길

샛길이 없는
마음과 내가 만나는 길
둥그런 구멍 속에서
환하게 마음이 열리는
고요한 나만의 길이 있어서

내가 갠지스를 걸어갔고
수억 광년을 걸어갔고
어둠의 뼈 속 같은 길을 빠져나와
환한 박하 향 같은 나를 만난다

두 손을 모으다

무릎 꿇고 두 손 모아
공손히
하얀 연꽃처럼
피워 올린다.

고요히
마음 담아서
송이송이
그 마음이 참마음이다.

한 생을
고운 향기로 살 수 있다면
피어서
자신을 오롯이 바라보는 일은
참으로 향기롭겠다.

고운 살결, 그 몸에
향기가
제 몸을 감싸고
저를 향해 다시 피어오른다.

또렷한 기억

"걔가 예쁘냐" 엄마가 말을 하신다.
"응"
"어디가 예쁘냐?"
"다 예쁘지 그럼"
"세상에 하나밖에 없는 내 딸인데"
"엄마는 니가 더 예쁘다!"

동해 바닷가에서
기차가 지나가자
네 살배기 아들이
"지차 지차"라고 말을 한다.
"지차가 아니고 기차야 영수야"
그래도 "지차 지차" 한다.
기적 소리 뒤로 지차가 따라간다.

이십 년이 훌쩍 지난 지금 엄마는 없고 지차만 달려간다.

청춘

숨죽여 넘어온 바람
예서 느슨해진다.
서릿발 차갑던 어느 날
모퉁이에 홀로 서서
외로웠던 날을 기억해 본다

푸른던 어느 날
가슴으로
비릿한 살내음 풍기며
풋풋한 살결로 너울댔던
그 시절을 힘껏
일렁여 본다.

한평생을
청보리처럼 살다가 가겠노라
꿈꾸던 어느 날도
허리춤 사이로 흰 구름 끼고
어깨를 넘실거리며 흔들려
넘어가는 게 청춘이로구나!

청보리가 익어 간다

부용이라는 꽃

내 여태 살아도
너처럼 큰 꽃을 본 적이 없다
함박웃음은
네 진실이었니?

너의 옆에 서면
내 마음도 꽃이 된다
너를 닮은
큰마음 환해지고 싶어서

탐스러운 너의 모습
해님처럼 환해서 좋구나
그래
꽃으로 사는 일은 얼마나 황홀한 일이냐?

꽃 중에서도 함박웃음이 된
너를 보고
부용이라 부르는 것은
너무나 합당한 일이다.

그리 천 년을 살다 져도 좋겠다.

봄날의 부적

꽃들이 봄날의 부적이 된다.

모진 겨울 이겨 낸 후
길에서 만난 웃음 환한 얼굴
자지러지게 웃는 얼굴
세상을 향해 손 흔들며
길가에서 서로 웃고 있다.

흙 속에 발을 담고
자신을
자꾸자꾸 들춰내고 있다.
흔들릴 때마다
가둔 향기를 날려
자신을 흩어 보낸다.

피어서 안녕, 안녕
모두에게 인사를 한다
봄날에는 꽃들이 발광을 한다
꽃들이 빛이다.
봄날에는 꽃들이 부적이 된다.

봄밤

꽃은 피어 웃고
새는 날아서 춤을 추니
사람은 바삐 어디를 가는가

한나절, 시절을 쫓다 돌아온 날엔
저물녘 몸에 밴 향기가
온몸을 핥고 있다

자리에 누워
어둠의 잠을 환하게 피워 내고 있다.
꿈속에 고요도 밝아져서
자신을 데리고 간다

지친 제 속이 환히 열리고
모든 형체들이 누워 잠든
밤도 잠이 든 밤
어둠도 가벼운 밤

꽃처럼 말이다.
봄밤은

봄은 가담하는 이의 발을 잡는다

내가 만난 꽃 중
봄에 만난 꽃들은

매화, 목련, 개나리, 진달래, 벚꽃, 영산홍, 명자꽃, 배
꽃, 사과꽃, 복숭아꽃, 팬지, 아네모네, 이팝꽃,
자운영, 토끼풀꽃, 꽃다지, 다육이 꽃, 찔레꽃, 모란, 장
미, 작약 등등 꽃 이름마저도 수도 없이 많다.

만나지 못한 꽃들은 아직 내게 와서 피어나지 않았다.

부처 나무

노란
은행나무가 눈을 떴다

빛으로 박혀
온몸을 비추고 서서
천리만리
바람을 따라갈 거라고 하더니

달빛도 우주도 들어가 박힌다
바람이 숨 쉬고
팔만 사천 개의 숨구멍이 열려
온몸으로
우주를 막 토해 낸다

겉은 단단하고 속은 무른 거라
이파리들이
천 개의 손, 천 개의 눈이 되어
황금 광명을 놓는다

사리를 만든 제 몸에선

지독한 냄새가 풍긴다
인욕의 향기를
발끝까지 토해 내며
온몸으로 생을 발하고 있다

봄날의 이야기

꽃들이 만개한 하늘은 축복이다
꽃들의 신호를 받으며
온 세상을 밝히려
별과 달이 떠서 잎사귀에
촉수를 보내고 있다

꽃이 되는 일은
먼 우주국으로부터의 교신이 있었던 후
하나의 이파리를 밀어내야
꽃이 되는 일임을 알았을 때
향기는 거기서부터 인다

구름도 꽃에 가까이 와서
하루를 지내다 멀어져 가고
천둥 번개도 그 속에서
내몰리지 못한다

꽃에게 눈물은 없고
햇살의 축복이 멀리서 온다
봄날에는 꽃들이 주인이 된다

마음에서도 향기가 나는

수없이 많은 이름이 생겨나는 밤

겨울 이야기

허공의 여백이 넓어져서 좋다
나무와 나무 사이를 바람이 지나가고
흰 눈이 쌓여
나무의 간격을 넓혀 준다

시린 가지 끝에서
가볍고
어지러운 생각들이
야위어 간다

내 몸에 내가 갇히고
언 땅을 걸어서 가는 동안
시원한 가슴 키워서 간다

하늘은 휑한 겨울 가까이 내려와
모든 그림자를 덮어 주려
흰 눈을 내려 준다.

한숨도 거기에 잠긴다.
흰 손처럼 내려서
온 부피를 가벼이 덮어 준다

가을 길

바람을 따라 걷고 있는 것인지
낙엽을 따라 걷고 있는 것인지
서걱거리는 길을 따라 걷고 있다

바스락거리는 소리에
발을 멈출 때면
잠시 생각도 멈추었다
다시 걷기 시작한다

세상의 앞면과 측면이 나에게서 멀어져 가고
그 아득함 속에서
하나의 낙엽이 되어 걸어감은
걸어온 길보다 더 멀다.

철 지난 수식어가 따라붙는 길
그리운 것들 그 속에서 만나지고
길 떠난 여행자가 되어 먼 여운을 남기며
바스락거리는 한 줌의 마음이 걸어가는
가을 길

나무 인간

꽃은 어떻게 필까요?
꽃은 어디에서 필까요?
스님이 묻는다

가지에서?
몽우리에서?

꽃이 개나리와 만나면 개나리가 피어나고
꽃이 진달래와 만나면 진달래가 피어납니다
목련과 만나면 목련이 피어나고
새는 날아서 새와 만나고
바람과 햇빛과 물과 시절이 만나면
활짝 피어납니다

그러면 언제 지나요?
인연이 다하면 스스로 사라져 갑니다
나무는 슬퍼하거나 미워하거나 원망하지 않습니다
아무런
후회도 욕심도 없습니다

>

꽃과 나무의 관계처럼
꽃과 나 사이에도 무수히 많은
꽃망울들이 생겨나고
나에게도 무수한 생이 피고 지는
그런 나무 인간인지도 모른다

묵언

꽁꽁 언 채

강은 입을 닫았다.

강을 삼킨 입으로

밤과 낮을 삼키고 입을 다문 채

더 이상 세상이 흔들리지 않는다

우주가 잠긴 것이다

홍매화

비밀하고 조용한
마음속
잠언들이
붉게 트이고

속은 꼭꼭 차고
거죽은 거칠게 메말라 간다
긴 언어들이
한 마디씩 짧게 풀려 나오고

듣는 이 없는 어느 겨울의
허상의 붉은 노래가
매의 눈보다 붉게, 짙게
안과 거죽이 바뀌어 간다

아롱아롱
안이 된 것들이
허공에 매달린다.
꽁꽁 언 매듭처럼

은사시나무 같은 잠자리

푸른 하늘이 내 안에 들어올 수 있도록
동그란 눈알을 굴린다

바스락바스락
마음을 비벼 닦는 소리

날개를 털어
제 몸 가벼이 숨 쉬는 법을 배운다

마디마디가
나뉘어 자유로이 몸을 가눈다

얼마나 가벼운가
하얀 은사시처럼 반짝거리며
수평을 잠재우는 잠자리는

장미 화상

붉은 장미 덩굴이 지나가고
불 바퀴 같은 것이 지나간다.
가시에 독을 지닌 채
안과 밖이 붉음의 저주처럼 흘러넘치고
돌돌 말려 가며 그 뒤를 따른다.

색의 세계에는 색이 흘러넘치고
서로 마주한 얼굴들은
그 뒤로 흔들려 춤을 춘다.

유월에는 누구도 가담할 수 없는
유월의 안간힘으로
밤과 낮을 흐르고 굴러서 넘어서 넘쳐흐르도록
구름처럼 장엄을 하였네

장미 화상이로다.

가을, 코스모스

아씨들
꽃등이 켜진 채로
꿈을 꾸며 바람에 실려 넘어온다.
바람결에 살며시 미소 지으며
푸른 꿈 모였다가 흩어져도
또 환하게 웃음 짓는
고운 꽃등의 아가씨들

꿈결에 실려 와 어디까지 갔다
넘어오는지는 알 수는 없지만
가녀린 몸에 수줍은 미소가
새초롬하고도 꿈결에서조차 곱기만 하다.
두 팔을 걸어
손을 잡고 흔들리다가
살며시 미소 짓다가
하늘거리며

토닥토닥

토닥토닥 비가 옵니다.
세상에 힘든 것들
토닥거리듯

스미는 마음마다
안아 주는 마음으로
토닥토닥

마음과 마음이 만나는 소리,
토닥토닥
빗방울 한곳에 모여
발맞추는 소리 토닥토닥

우리들 마음이
크는 소리
토닥토닥

가을비

떨어지고
부서지고
구르고
흔들리고

끊어지고
구겨지고
미끄러지고
쏟아진다

그 속에 흐르는
뜨겁고 맑은 눈물 같은 것이
금방 차가워지고
또 온몸으로 훑고 간다.

그래서 더욱 차갑다.

가을 국화

가을날엔
마음에서도 촉수가 생겨나
정수리서부터
촘촘히 박히고

시리고 고운 눈망울들
말갛고 뜨겁게
고운 햇살에서
손을 내민다.

여름을 지났다 생각했는데
어린 기억들이 다시 와서
환한 웃음으로 돋아나고

콧등을 찌르는 아린 향기
여인의 마지막 인사말처럼
차갑고 시리게
한 줄로 서서
내게로 온다.

봉정암에 오르다

맑은 계곡 지나
나무들 사이로 오르는 길
껍질을 벗겨 내린 듯
가벼이
여기다 벗어 내놓는다.

느리고 고된 걸음으로
걸어온 뒤
작은 바위에 앉으니
구름도 와서 쉬고
파란 하늘도 내려와 앉는다.

자장율사는 지팡이를 여기에 꽂았다고?
마가다국에서 붓다의 사리를 모셔 와
봉황이 앉은 자리 희유하다 하여
진신사리를 모셨다 하니
사리탑이 천상에 이르도다

바위는 바위를 모시고
산은 산을 모시고

사람은 사람을 모셔

사리탑이 하늘에 닿는다

온 우주가 뾰족하다

맑은 붓다의 이마와 내 이마가 닿고 마네

별

먼 허공은 어둠이다
저 아득함 속에서
바람의 세계는 더 어둡다
영혼의 너머에서
자꾸 깜빡이며 넘어오는 기억들이
기억된 것들보다
더 빛나고 있고
핏기 어린 눈물이 더 영롱하게 빛난다

멀리 하늘
박혀 있는 꼬리를 감춘 물고기
꼬리를 흔들며 허공을 유영하다
어둠 속으로 더 깊이 깊어져 가고
기억은 아름답고 슬프다 해도
기억은 언제나 빛나고 있다
먼 하늘이 더 먼 것처럼
깊이를 알 수 없다. 별

사막 같은 난초 아마릴리스

너무 멀리 걸어온 탓일까
멀리 가서 꽃을 피우고 만다
모래가 잠든 시간

사막 같은 푸른 시간이 그 속에 잠기고
발끝에서부터 피어오르는
저 짙은 엄숙함 같은 것이
붉은 주머니를 세우고
난초는 그 생애를 이야기하려 한다.

발끝으로 끌려온 시간이
내내 붉었다고
더욱 경건하고 세밀하게
마음을 쓰다듬으려 한다

시간의 경계는 언제나 열려 있고
그 후의 시간도 열려 있고
가고 오는 것이 아닌
오고 가는 것이 아닌
마음 깊은 곳에서 꽃에 사막의 시간이 서식한다

꽃잎 발원문

꽃들이
내게 와서
환하게 웃고 있다

가냘픈 잎으로
향기를 전하도록
그 마음을 열어 그 마음이
그윽하게 전해 온다

함박웃음으로 건너오고
지상에서 가장 아름다운 언어를 지니고
조용하고 은밀하게
필담을 나누며 흔들린다.

오색의 언어는
마음으로만 들을 수 있는
금방 들으면
금방 환해지는
내 마음속으로 들어온다.

\>

마음에 닿는 순간
벌써 꽃잎에 닿는다.
그는 나에게 예경하고
나는 그에게 예경한다.

돌

허공이 깊고 깊다
허공에 남긴 모든 것들이 발자국이 되어
지상에서 돌이 된다
그림자를 드리운 후

어두운 밤하늘에 새기던 눈물도
별들의 끝에 달려
설움마저 떨어져
돌이 된다.

달빛 고인 세상
하얀 그리움 하나
세상에 가장 멀리 떠돌다
수천억 겁을 지나 고뇌의 찌꺼기가 된들
구름의 눈물마저도
찰지고 단단한 돌이 된다.

산을 안고
바람이 바람을 안고

햇볕조차도 수억 겁 등이 굽어

돌이 된다

냄새

비가 오고 난 후
나무와 수풀들 사이를 지나간다.
풋풋한 내음이 진화한다.
진실은 말하지 않아도 짙게 알 수 있다.

꽃들은 바람에 무게를 두지 않는다

부는 바람 등에 지고
여리고 작은 잎들은
움츠리고, 움츠려
더 얇아진다

바람에게 공손히
마음 쓰다듬으며
노란 꽃은 노란 마음으로
분홍 꽃은 분홍색 마음으로

애써 안녕하지 않아도
깊이 관여하지 않아도
바람에 마음결을 나누며
무게를 가두지 않는다.

얇고 희고 맑게
엷고도 곱게
바람에게 안녕 한다.

쌍계사를 직선에서 보다

사찰은
규정을 짓지 않아도 푸르고 곧다
올곧은 것들은 또 푸르다
그 속을 보는 일은 맑은 고요가 흐른다
허공에 고인 구름 한 점 무심히 지나가다 멈춰 서니
경내의 하늘은 직선이 된다

일주문 들어서 팔상전까지
산 위에서 흐르는 계곡까지
대나무 숲 지나
금당 계단 오르는 시간도
모두 직선의 경지이다

또렷한 발 도장을 계단 위로 찍으며
무게가 발아래로 떨어지는 나도 직선이다
제일 높은 산 정상에서 대웅전까지도 직선이고
내가 보는 시야의 경내도 모두 직선이다
참 곧고 말끔하고 단정하다.

이팝꽃

세상에 세상에
저토록 순하고 고분고분한
나무가 있었다고
꽃이 있었다고
바람에 흔들리는 저 위에 더 높이
저 가벼운 자태를 누이고 있었다고 말하지 않아도 돼

바람도 참 시원하시겠다
제 몸이 바람의 키를 넘어
꽃 파도로 파도를 넘나드니

무게는 허공에 세우고
바람이 또 지나간다
시원하게 휘어져 날아가는
날아가는 나무가 있었다고
얼마나 가볍고 신이 날 일인가?

필담

고요하고 낮게 넘어와서
음지와 양지를 다녀와
자음과 모음이 뒤섞인
핏빛 먼지 위에 은밀하고 조용히
이야기를 나눈다.

눅눅하고 고단했던 이야기
쓸쓸하고 고독했던 일
바람에 실려 간 서러운 이야기들
강 언덕 갈대밭 지나 가슴 쓰다듬던 기억
홀로 눈물짓던 이야기들을 전한다

가지 끝마다 매달린
옹알이 같은 언어들이
쉴 새 없이 햇살을 재촉하며
듣고서도 알 수 없는
이야기들을 나누고 있다

봄 햇살은 따사로이 뛰고 있다
맑은 가지 끝

봄과 나 사이의 옹이를
마음의 이야기로 부화시킨다.
봄 햇살에 필담이 트이고 있다

초여름 뻐꾸기

숲속 어귀에서 들려오는
첫새벽 뻐꾸기 소리
가슴속 깊이 울려 나오는
울림의 소리

한 철을 지저귐으로 옮겨 주고
여름의 숲속으로 날아가 버리는
봄과 여름을 이어 주는
논과 밭을 이어 주는
새들의 숲속을 이어 주는
꽃과 꽃을 이어 주는
사람과 사람을 이어 주는

그 오묘하고 가벼운 영혼의 지저귐
잎새는 더 푸르러지고
나는 나에게로 더 깊어지는
햇살은 더욱 뜨거워지는

잎새 위에 날개처럼 마음 펴지는
햇살에 마음을 옮기는

작은 나팔꽃처럼
슬며시 환해지는 초여름 어느 날

숨 매미

매미가 따갑게 운다
가슴을 치며 운다
얼마나 따갑기에 저토록 애타게 울고 있는가?
땅속에서 7년의 하얀 선정이
땅에서 7일의 유목의 생이었다니
생은 얼마나 아찔한가?

가슴을 치며 우는 일이
후생을 치고 있는 것이었다니
숨구멍조차 열지 못하고
목이 차오르도록
저렇게 두꺼운 울음을 운다.

삶은 얼마나 노곤한 일인가
저렇게 제 가슴을 치는 것이라는 걸
매미가 말한다
또 얼마나 많은 날들을
발을 치며 살아가야 겠는가?

>

삶은 껍질을 벗기 위해 가슴을 치는 일이란 걸
매미는 숨도 쉬지 못하고 울고 있다.

파꽃

끈끈하고 맵다
질기고 곧다
줄기는 믿음처럼 푸르다
언제나 그래서 더 장하다

몸 가득 채운 체온으로
온갖 세상의 소리에도
꼿꼿하게
꽃대를 귀처럼 달고
당당하게 서 있다

눈물이 자라서 안이 되고
조용하고 담대하게
푸르고
과묵하게 서 있다
그래서 더욱 열렬하다

깻잎

몸에서 향기가 난다
말하지 않아도 향기가 난다
향기는 제 몸을 감싸고 돌고
잎맥은 나란히 제 몸을 향해 있다

얇은 손 , 양손을 펴서
진실만을 말하고 있다는 듯
엷은 미소를 지으며
널따란 손을 흔든다.

그저 내민 손
한 생의 이야기들을
바람에게 전하고 있다는 듯
날마다 향기를 건네고 있다

어둠에서도 향기가 나는
어느 곳에도 얽매이지 않는
허공에 피어 흐르는 수많은 손들
푸르고 향기로운 천수천안을 본다.

팔월의 춤사위

시원한 바람이 불면
때 이른 춤을 추는 이파리들
가벼이 흔들린다

바람의 길목에서
긴긴 여름 검게 그을린 해바라기 얼굴에도 인사하고
고개를 끄덕여 주며, 마음 보듬어 주며
춤을 추다 늘어난 옥수수 술들도
덩달아 바람에 제 몸을 비빈다.
시절을 씻는 기쁨으로

서걱서걱 수런수런 얕은 바람
들녘 어귀에 모였다 흩어지고
가벼운 몸짓인가?
이파리 뒤편에선
아직 어린 여름이 숨 쉬고 있고
초록의 밋밋한 등불들
띄엄띄엄 고개를 저어 가고 있다
짙어 가는 가을을 더욱 재촉하려

첫눈 오신다

고요하고 하얀 빛으로
사뿐사뿐
발걸음을 옮긴다.
어둠에서 밝음으로
고운 살결 더욱 하얗게

나비가 춤을 추는 듯
바람에 나부끼며
스치고, 비껴가며
젖고 설은 걸음으로
내려앉는다.

만질 수 없는 무게는 뜨고
말은 지워져 환하고
세상을 휘어 감듯이
가볍게 하늘을 내려놓는다

하얀 기억 피어오르다

꼬마들 하얗게 손이 흔든다
어서 빨리 오라고
잠시 멈추는가 하더니
바람이 불면 부는 쪽으로
몸을 누이고
다시 흔들린다.

숨결이 고운 웃음으로
부풀어 오르던 날들
가슴 가득 바람에 흔들리고, 머리가 흔들리고
여린 몸이
세상에 인사한다

뛰어놀던 어린 동산
해 질 녘까지 뛰어놀던 들녘 어귀에도
하얗게 아물거린다
눈을 감아도 눈처럼 하얗게 피어오른다

가볍고 즐거웠던 기억들 너머로
총총걸음으로 뛰어가던

내 어릴 적 친구들, 순희. 난영이. 춘자
내 동생 영미.
나는 아직도 어릴 적 갈대다

목탁 소리

조용한 소리

맑은 소리

퉁명스러운 소리

목청 두드리는 소리

꽃잎 흔들리는 소리

바람 휘어지는 소리

시냇물 흐르는 소리

장화 신고 진흙탕 튀기는 소리

우산에 떨어지는 빗소리

자동차 소리

사이렌 소리

어린아이 우는 소리

새들 소리

밥솥이 끓는 소리

찌개가 끓는 소리

남자의 구두 소리

여자의 구두 소리

돈 세는 소리

독경 소리

염불 소리

기도 소리

소리, 소리, 소리의 소리, 소리의 소리 소리 소리

그 속에서 울려 동그랗게 말리는 소리

그 속에 담기는 소리

목탁 소리

자동 세차

시원한 물 쏟아진다
내 앞과 뒤로 뒤엉킨 먼지와 찌꺼기들이
예약된 시간 안에 모두 쏟아져 내린다
자음과 모음으로 뒤엉킨 채
용서를 하지 못한 찌꺼기들까지도
모두 그 공간에서 쏟아진다

어둠과 한낮의 세상, 시간 안의 언어들
깊은 계곡을 빠져나오고
붙임표와 늘임표 사이를 줄지어 끌어 내리고
휴식과 자유로움까지도
표피가 되어 모두 벼랑에서 쏟아져 내린다

부서진 시간과 내려놓은 시간
망각과 실없는 웃음마저도
그림자의 허물을 벗고
춤사위 되어 마구 흔들려 내린다

밖이 환한 세상
마음을 씻고 시야를 씻고 체면을 씻고

세계의 신체가 훤해졌다

세상은 늘 거울이라는 걸 다시 비추어 본다

노란 웃음을 베끼다

노란 아가 아장아장
걸어와서
환하게 웃는다.

어린 걸음으로
종종종 걸어와 내 앞에서
까만 눈망울 깜빡이며
가슴에 손을 얹어 가며 노래한다

어깨동무 친구들아
뛰어놀던 친구들아
시절에 그네를 타던 친구들아
끄덕이며 아침 햇살에
봄을 키운다.

세상의 길 언덕에서
미끄러지듯 환하게 웃는
미소가
마냥 귀여운 친구이고 싶다.
노란 개나리꽃들아!

바람꽃

바람이 지나간다.
허공을 지나간다.
무심히
그냥 지나가는 것이 아니다

가지마다
봄이 걸려 있고
가지마다 열매가 달려 있고
가지마다 온갖 꽃들이 달려 있다.

빈 허공을 유영하는 동안
거칠고 억센 바람도 심장을 내어
세상에 따스히
그 마음을 환히 열어 놓으니

관계를 이룬 모든 것들은
바람이라는 큰 꽃에게
귀속이 되고
그 속에서 살아간다.

제따동산에서

기원정사 옆에 제따동산이라는 곳에 갔다.

수다타 장자가 부처님께 금을 공양 올렸다고 하는 금 창고
가 있었다

어마어마하게 큰 곳이었다

부처님께 설법을 듣기 위해

금으로 설법 장소를 다 덮을 수 있을 정도로 공양을 올리고
도 남을 만큼 컸다

거기에서 붓다의 말씀을 나누는 장소는

금으로 깔아 놓아야 한다는 말이 유래되었는지도 모르겠다

거기에서 금박을 2달러씩 판매하고 있는 사람들이 있었다.

나도 2달러씩 주고 몇 개 사서 금박을 그 창고의 한 귀퉁이
에 붙였다.

나도 잠시 그 시대를 산 것 같은 착각이 일었다.

기원정사에서

기원정사에서 붓다는 20안거를 지내셨다고 한다.
20안거는 20년을 계셨다는 것이다.
5비구와 10대 제자에게 금강경과 화엄경을 설하신 곳이다.

붓다가 수행하시던 곳을 여래향실이라고 한다
내가 경전에서 전해 들은 그 유명한 가섭 존자, 목련 존자,
아난다, 부루나 존자 등등도
이곳에서 함께 계셨다고 하니 참으로 감개무량하다.

우리들은 이곳 기원정사 여래향실 터 앞에서
써 가지고 간 발원문을 낭독했다.
나는 눈물이 나기도 했다.

한쪽에는 물이 나오는 수도가 있었는데
그곳이 아난다가 공양물을 씻어서 부처님께
공양을 올린 곳이라고 한다.

커다란 거목들이 몇 그루 사람처럼 서서 남아 있었고
터와 잔디들과 작은 꽃나무들이 그곳을 유영하고 있었다.
철 지난 꽃처럼 나도 그곳을 유영하고 있었다.

인도는 나에게 봄이다

봄은 설렘이다
뉴델리에 첫발을 찍고
또 델리에서 다람살라로 가는 길이다.
공항엔 거리에 개들이 어슬렁거렸고 뿌연 안개는
조금 답답했지만 평화로웠다.

사람들을 쫓아다니는 개들은 아무렇지 않은 일상 같았고
매콤하고 뿌연 안개는 자욱해서
매캐했고 그냥 시골 같았다.
길가의 열대 나무와 길 중앙에 심어져 있는 꽃나무들이
화려하진 않았지만, 마음을 놓아 둔 것처럼 편하게 느껴졌다.
온유와 평온함 자체가 자비로 흐르고 있었다고나 할까?

시내를 빠져나와 솔솔솔 불어오는 바람은 시원했고
엷은 꽃들이 새벽 수줍은 듯 미소를 짓고 있었다.
내가 알지 못하는 세상을 바라보는 일인데 낯설지 않았다.
그냥 지상의 평온함 그 자체를 바라보고 있는 것 같았다.

다람살라는 2시간쯤 비행기를 타고, 다시 버스로 8시간쯤 가
야 한다는데

귀를 쫑긋 세우고 갔다.

가을이 한창인 인도는 자동차고, 여자고, 남자고, 어린애
고, 나무고, 꽃이고

들녘이고 모두가 평온함 자체였다.

낯설지만 낯설지 않은 곳이 바로 인도였다.

그래도 봄처럼 설렌다.

갠지스의 생

강이 강에게 와서 다시 흘러간다.

이승의 사람이 저승에 가기 위해 여기에 온다고 한다.

가족의 장자와 남자들만 와서 흰색 옷을 입고

유채 기름이나 솔가지 같은 나무를 몇 개 놓고

화장을 하고 타다 남은 시신은 갠지스 강물에 넣는다고 한다.

이곳 사람들은 갠지스강에 들어야 하늘로 갈 수 있다고 생각한다.

그래서 이곳을 어머니의 강이라고 한다고 한다.

화장을 한 시신을 버린 곳에

몸을 씻고 이곳이 하늘과 맞닿은 곳이라고 생각을 하고

성스러운 곳이라고 생각을 하는 사람들

이해하기 어렵지만 그런 사람들을 보았다.

화장을 하는 매캐하고 독한 냄새가 강에 진동을 하고 강물은 뿌옇다.

조각배를 타고 그곳 모래를 호리병에 담아 2달러씩 팔러 다니는 사람들이 있었고

작은 호롱불이 담긴 연등을 팔러 다니는 사람들이 있다.

그 연등을 사서 강물에 띄우며 죽은 사람들의 극락왕생을 비는 것이다.

또 '뿌자'라고 하는 힌두교 사람들의 의식이 있었는데

그것도 모두 죽은 사람들을 위해 하는 기도였다.

갠지스는 작지만 큰 강이었다.

슬픔도 잊고 사는 사람들이 있으니까.

인도를 경전처럼 읽다

비행기에서 내린 후
다람살라를 가는 길은 8시간쯤 버스를 타고 가야 하는데
덜커덩거리는 길을 간다.
차선도 없는 무질서의 길이 바로 질서가 된다
빠라 바라 빠라밤— 빠라 바라 빠라밤—
어서 빨리 비켜라— 어서 빨리 비켜라—
자동차는 자동차대로, 버스는 버스대로
오토바이, 여자. 남자, 어린애도 모두 잘도 비켜서 간다

차창 밖으로 드문드문 나무들이 있어서 손을 흔들어
인사를 하고, 논과 밭이 시야에 들어오도록
넓게 펼쳐져 있다.
먼지가 푸석이는 풍경은 낯설지 않고
우리는 어린아이처럼 마냥 신기하게
밖을 향해 눈을 뗄 수 없이 바라본다.

다람살라를 향해 가는 길 내내
풍경은 경전처럼 펼쳐져 있다.
우리는 모두 신나서 어린아이처럼
즐거워한다.

먼지가 풀풀 날리는 인도의 시골을 아름답다고 본다.

다람살라를 향해서~

달라이라마를 향해서~

성자 달라이라마를 친견하러 가는 길

뉴델리 공항에서 비행기로 2시간을 넘게 가서
다시 버스를 타고 8시간을 넘게 달려서 간다.
꼬불꼬불 울퉁불퉁
산은 점점 아슬아슬한 벼랑 꼭대기를
빙빙 돌아서 올라간다.

어쩜 하늘과 맞닿은 곳이라는 생각이 든다.
세상의 끝을 향해 가는 꼭짓점처럼
아득하고도 아찔했다.
산은 점점 가파르고 깎아 내린 듯 절벽이고
오금이 저리고 현기증이 난다.
발밑으로 떨어져 내린 풍경들
별똥별이 떨어져 내린 것처럼 불빛이 아득하고
새까맣게 타 버린다.

별은 머리 위로만 뜨는 것이 아니다.
밑으로도 뜬다는 걸 알았다.
아찔한 시간이 매달려 가고
어쩌면 달라이라마 존자님은 별보다 더 총총히 빛나시는
분인지도 모른다.

내가 친견하지 못한 존자님이 내 속에서 빛나고 계시다.

밤이 깊어 새벽에 도착했다.
달라이라마 존자님은 첫새벽 같은 성자이시다.

표정

인도의 시골길, 사람들이 걸어서 간다.
마주 보며 간단히 인사를 하고 간다,
여유로운 미소와
마음엔 부드러운 생각이
얼굴빛으로 서로 오고 간다.
빠르지 않게
서두르지 않으며
걷고 있는 모습은 그대로
걱정 없는 사람들의 무심한 표정이다.
이 마을과 저 마을은 많이씩 떨어져 있었고
똑같은 상점들이 나란히 있고
경쟁과 욕심 없는 상점의 주인들
차분하고 시끄럽지 않은 모습에
착한 사람들의 모습을 본다.
신기하게 한참을 바라보았다
평화로움과 온유한 사람들의 얼굴
이것이 여유이고
이것이 삶인 곳.

푸른 연관

나무가 있다.
선정에 든 깊은 보리수나무가 있다.
그 밑에 사람이 앉아 있다.
고요로 깊어 간 사람이

붓다는 나무보다 더
푸르고 깊게 짙어 그 세계를 고요히 밝혔다.
수천 년 전 우주를 밝혀
다시 안으로, 안으로
내 속에 우주를 밝혔다.

나와 관계를 이룬 모든 것들이
우주와 푸르고 깊게
아주 깊이 연관되어 흘러가고 있다는 것은
얼마나 밝은 빛인가?

다람살라 풍경

다람살라에서 다람살라라고 씌어 있는 글씨만 보아도 좋았다.

세상의 가장 높은 곳에 위치한 것처럼 눈앞에 설산이 바라보인다.

건립된 학교와 병원과 핸드폰 광고와 전기도 들어온다.

그대로 문명이 살아 있음을 본다.

티베트 전통적 삶의 모습을 그대로 볼 수 있었고

티베트 사람들이 망명을 와서 노점상을 차린 모습을 본다.

그들로 인해 티베트의 전통이 살아 있는 건 아닌가 싶다.

지나는 길에 집시들을 보고

어린아이를 안은 집시 여인을 보고

아침 일찍 우유를 팔러 온 사람들을 보고

소와 개와 원숭이들도 사람들과 함께 어울려 사는 모습을 본다.

분별없는 세상을 본다. 옮겨 온 티베트를 본다.

마을과 마을이 산기슭마다 자그마하게 자리 잡고 있었다.

아슬아슬한 그들의 삶은 세상에 아무것도 탐내지 않고 사는 삶을 그대로 볼 수 있다.

외길인 길에 버스가 가고 자동차가 간다.

아슬아슬한 벼랑의 길에 서로 양보하며 다 지나간다.

그들의 삶 자체가 이미 숭고한 극락이었다.
욕심과 걱정 없는 삶 자체이다.
본래 인간의 삶을 보는 것 같았다.

달라이라마를 세 번 친견하다

2014년에는 인도 다람살라 법회에서 처음 친견하고
2016년에는 일본 오사카 법회에서 두 번째 친견하고
2018년에는 인도 다람살라 법회에서 친견했다.

세 번 친견하였는데, 세 번 손을 잡아 주셨다.
두 번째 일본 법회 때는 한국인 친견 시간에
내게 제일 먼저 오셔서 손을 잡아 주셨고 이마를 대어 주
셨다

특별한 인연을 주신 것은 틀림이 없다고 생각하는데
무슨 인연으로 그리 대해 주신 건지는 모르겠다
착하게 살아야겠다고 마음먹고
착한 사람으로 살아가야겠다고 생각했다
그 후 우리 집 가훈은 '착하게 살자'로 정했다.

특별하지만, 특별하지 않게 살아야겠다.

메꽃

작고 여린 꽃이
엷고도 순하게도 생겼다

메마른 인도 땅에서 본 메꽃은 더욱더 생명력이 강해 보였다
저리 착해도
저리 고와도
저렇게 강하게 살 수가 있구나!

여린 꽃 속에 사무친다.

꽃이 아름다운 건

꽃이 아름다운 건 서로 미워하지 않기 때문이다.
꽃이 아름다운 건 너와 내가 들어 있기 때문이다.
꽃이 아름다운 건 마음에서 향기가 나기 때문이다.

라오스를 처음으로 본 풍경

라오스에 착륙하려는 순간
푸른 들녘과 구름은 온갖 형상을 하고 있었고
협곡으로 겹겹이 둘러싸인 기암괴석들은 깊은 골짜기로 흐
르고 있어서
라오스의 깊은 유서를 말해 주고 있는 듯했다.

태초의 평온의 땅처럼 느껴졌다.
전원이 푸르게 펼쳐져 있는 그대로의 땅은
땅이 아니고 하늘이라고 말하고 싶을 정도로
평화로운 곳이었다.

오염되지 않은 땅은 인간의 계산으로는 셈을 할 수가 없었다

바위가 땅에서 하늘을 향해 삐죽삐죽 솟아 있었다.
아니 좌정하고 앉은 듯했다.
이런 바위들은 처음 본다.
신기하고도 특별했다.

내 영혼에 깊이 물들어 잠기고 싶은 곳이다.

메콩강을 가다

라오스의 메콩강은 흙탕물이다
몹시도 물살이 가파르고 힘이 센 물이었다
이 물은 황해에서 흘러오는 물이라고 했다

중국의 황해에서 흘러와서
라오스를 지나서
태국을 지나서
베트남을 지나서
한군데서 만난다고 한다

메콩강을 거슬러 올라가는 통통배를 타고
가파른 물살을 헤치며
빠 우 동굴이라는 곳과 샴쌍둥이 코끼리 동굴에 갔다
그곳 동굴에는 침략을 받은 사람들이
부처님을 동굴에 숨겨 놓고 있었다

동굴에서 만나는 부처님들은
그대로의 모습으로 작고 작은 보물들처럼 여겨졌다.
내 마음속 보물은 무엇일까?

대만의 보석 박물관

대만에 국립박물관이 있었는데
보석으로 장식되어 있는 박물관이었다
옥, 금 등등 온갖 보석들로 가득했고
배추 모양을 한 보석도 있었고, 돼지고기 모양을 한 보석
도 있었고
병풍 모양으로 된 보석들도 있었다.

세계의 진귀한 보석들을 보고 있으면서도
탐이 나지는 않았다.

보석도 보고 있을 때만 보석이지
지나고 나니 눈에서 사라졌다.

미안한 일

꽃을 사다
다듬어서
꽂아 놓고 파는 일

꽃들은 각자의 색깔대로
한껏 뽐내고 웃고 있다
한 송이에 사천 원, 오천 원
가격을 매겨서 파는 일은 슬픈 일이다

정해진 가격 없이
필요한 사람에게
때로는 덜 받고
때로는 더 받고
때로는 공짜로 주면 어떨까?

가격을 매겨서
꽃을 파는 일은 세상에서 가장 어렵고 미안한 일이다.

금붕어

국화 화분에 담긴 몽우리들
금붕어 입처럼 퐁퐁 터진다.

한 모금 머금었다가
한 모금 내뱉는
여린 숨결의 여린 꽃 몽우리들

금붕어들의 대화가 금방 시작되었는지
함성처럼 부풀어 터져 버린다.
하늘에 가 닿을 수 없는 함성
작은 메아리는 터져 곱고 환하기만 하다

하늘은 알 리가 없고
국화는 허공을 자꾸 뻐끔거린다.
몸에서는 국화 향기가 난다

부치지 못한 그리움 한 줌
가슴에서 퐁퐁 터져 바람에 날아간다.

깨달음을 향한 구도자의 시학

—시집 『꽃들은 바람에 무게를 두지 않는다』에 대한 소략한 감상문

복효근(시인)

오영자 시인의 시는 그 끝이 구도를 향해 있다. 더 분명하게는 불교적 깨달음을 향해 있다. 그런 의미에서 시인의 시를 신앙시, 종교시라고 해도 그르지 않겠다. 시인의 시편마다에서 그 지향점이 분명히 드러나고 불교 철학에 바탕을 둔 시각이 드러난다. 시에 나타난 시인의 행주좌와 어묵동정이 모두 불교적 교리나 그 수행과 관련되지 않은 게 없다.

종교시, 신앙시라 했을 때 자칫 '시'에 붙은 수식어가 시 작품을 협소하게 해석하게 하는 한계로 작용할 수 있다. 타 종교와 구분 짓는 배타성으로 작용할 수 있으며 특정 종교만의 도그마로 예술의 보편성을 제한하는 경우도 없지 않다. 인간의 보편적 정서와 사고에 닿아 있지 않으면 자칫 예술로서 평가받지 못할 위험도 안고 있다. 특정 종교가 품고 있는 철학

이나 도덕, 교리가 생경하게 그대로 드러나게 된다면 시 작품으로서는 성공하지 못할 가능성도 없지 않다.

그럼에도 불구하고 오영자의 시는 맑고 밝고 향기로운 지향점을 갖고 있어 종교적 구분을 넘어서 공감의 여지가 매우 높다. 시인이 지향하는 지점을 공자가 말씀하신 사무사思無邪의 경지로 해석하면 종교, 신앙의 테두리 밖에서도 접근과 이해가 가능하다고 하겠다. 일상적 소재와 사건을 통해 시를 전개하고 있으며 비유와 상징으로 형상화하고 있어 특정 종교의 도그마를 강요하는 일 없이 사고의 편협성을 뛰어넘고 있다고 하겠다.

오- 이런
이토록 지독하고 냉정하게 서서
철저히 자신을 지키고 서 있네
지나쳐 간 형체들의 소리, 냄새, 말과
풍경들까지 제 속에 채우고
드러내지 않고
어둠 속의 그림자마저 가두고 서 있네
촘촘하게 뚫려 있는 뼈 속의 구멍들처럼
다가오는 시간까지도
선 채로 담담하게
묵언의 호흡으로 응시하고 있을 뿐

지금도 내게로 달려오는 풍경들

이미 지나쳐 간 땀방울 같은 것들도 편편하게 깎아 내고
현재의 여백들을 또 쓰다듬고 있는가?

—「벽」 전문

이쪽과 저쪽을 경계 짓고 구분 지으며 소통을 차단하는 '벽'이 아니다. 시인은 일상적이고 상식적인 이해를 넘어선 의식의 객관적 상관물로 '벽'을 사용하고 있다. 벽은 "지독하고 냉정하게 서서/ 철저히 자신을 지키고 서 있"다. 과거의 시간과 물상들을 그 안에 채우고 "다가오는 시간까지도/ 선 채로 담담하게/ 묵언의 호흡으로 응시하고" 있는 존재다. 그런가 하면 현재의 시간도 "편편하게 깎아 내고" '여백들을 쓰다듬고' 있다. '벽'을 공간을 구분 짓는 그 어떤 존재로 보는 데서 나아가 시간을 통제하고 시간 앞에 서서 그것을 다스리는 의연한 존재로 보는 것이다. 그것은 "드러내지 않고/ 어둠 속의 그림자마저 가두고" "지나쳐 간 땀방울 같은 것들도 편편하게 깎아 내고" 싶은 시인 자신의 소망이 투영된 존재라고 보는 게 맞을 것이다. 시간이 인간에게 주는 압박을 뛰어넘고 주체적으로 서고자 하는 삶의 소망을 표현한 것으로 읽는다.

인도의 시골길, 사람들이 걸어서 간다.
마주 보며 간단히 인사를 하고 간다,
여유로운 미소와
마음엔 부드러운 생각이
얼굴빛으로 서로 오고 간다.

빠르지 않게
서두르지 않으며
걷고 있는 모습은 그대로
걱정 없는 사람들의 무심한 표정이다.
이 마을과 저 마을은 많이씩 떨어져 있었고
똑같은 상점들이 나란히 있고
경쟁과 욕심 없는 상점의 주인들
차분하고 시끄럽지 않은 모습에
착한 사람들의 모습을 본다.
신기하게 한참을 바라보았다
평화로움과 온유한 사람들의 얼굴
이것이 여유이고
이것이 삶인 곳.

—「표정」 전문

순례 여행차 인도에 갔을 때 그곳 사람들의 '표정'을 그린
작품이다. 다람살라에 가서 위대한 종교적 지도자도 친견하
고 많은 감동과 깨달음을 얻었지만 시인은 무엇보다도 평범
한 사람들에게서 부처를 보고 또 지고지순한 가르침을 얻는
다. 극락 혹은 천국 그 어떤 이상향을 보통 사람들의 표정에
서 경험하는 것이다. 여유로운 미소, 부드러운 생각, 서두름
이 없고 걱정이 없는, 경쟁이 사라진 곳, 무욕으로 평화로움
이 가득한 곳. 시인이 꿈꾸는 이상향이 여기에 그려져 있다.
실제로 시인이 살고 있는 현실은 수많은 다툼과 경쟁, 시

기와 질투, 욕망과 불화로 가득한 세상이다. 그러면 그럴수록 그 반대편의 세상을 꿈꾸기 마련이다. 이 시는 그러한 시인의 대승적인 소망이 투영된 이상향의 모습이라 하겠다. 실제로 인도의 시골 마을 사람들의 표정이 그런가 그렇지 않은가는 크게 중요하지 않다. 시인은 시로써 꿈을 꾼다. 그런 유토피아를 그리면서 그 힘으로 일상의 디스토피아를 건너가는 것, 혹은 건너가게 하는 것이 시의 힘이다.

수천 년 전
무수한 소망이 달려서
둥글고 아득히 먼 것들이
한 생각 지나고서
다시 한 생각을 건너서 걸어간다.

생생한 생의 음표들이
한 알씩 엮어진 줄
울퉁불퉁한 길을 걸어서
무수한 나와 만나지는 길

샛길이 없는
마음과 내가 만나는 길
둥그런 구멍 속에서
환하게 마음이 열리는
고요한 나만의 길이 있어서

내가 갠지스를 걸어갔고
수억 광년을 걸어갔고
어둠의 뼈 속 같은 길을 빠져나와
환한 박하 향 같은 나를 만난다

—「천주를 돌리며」 전문

시인의 시를 통하여 수행하는 자의 구도 정신을 엿볼 수 있다. 명상과 기도의 도구로 시인은 천주(염주의 하나)를 돌리고 있다. 시인은 그것을 "생의 음표"에 비유한다. 수많은 마디로 이루어진 굴곡진 삶이 그것이다. 삶은 한 음 한 음 곡진하게 연주해야 하는 음악과 같은 것이다. 한 개의 음이 어긋나도 음악은 틀어지고 만다. 그것은 또 "울퉁불퉁한 길"로 비유된다. 그 길은 다름 아닌 '나'와 만나는 길이다. 마음과 만나는 길이다. 그 '나'는 한시적인 육체에 갇힌 존재가 아니라 태초부터 존재했던 무한한 우주적 존재임을 깨닫는다. 나는 내가 사는 지역에 한정된 존재가 아니라 온 세상에 편재한, 갠지스에도 저 먼 달에도 태양에도 있다. 명상을 통한 자유자재하고 무한한 자신의 확장을 경험하고 깨닫는 것이다. 무아의 경지, 집착을 다 떨치고 모든 상을 떨쳐 버린 열반을 경험하는 것이 명상의 힘이다. 그것이 불교의 요체라 할 수 있다. 시인은 그 지점을 "환한 박하 향"에 비유한다. 천주를 돌리는 것은 그러므로 시를 쓰는 행위에 다름 아니다. 그가 시를 통해 이르고자 하는 지점이 바로 그것이기 때문이다. 그가 시를 쓰는 것과 구도행은 다르지 않다.

매미가 따갑게 운다

가슴을 치며 운다

얼마나 따갑기에 저토록 애타게 울고 있는가?

땅속에서 7년의 하얀 선정이

땅에서 7일의 유목의 생이었다니

생은 얼마나 아찔한가?

가슴을 치며 우는 일이

후생을 치고 있는 것이었다니

숨구멍조차 열지 못하고

목이 차오르도록

저렇게 두꺼운 울음을 운다.

삶은 얼마나 노곤한 일인가

저렇게 제 가슴을 치는 것이라는 걸

매미가 말한다

또 얼마나 많은 날들을

발을 치며 살아가야 겠는가?

삶은 껍질을 벗기 위해 가슴을 치는 일이란 걸

매미는 숨도 쉬지 못하고 울고 있다.

　　　　　　　　　　　　　　　　—「숨 매미」전문

매미가 우는 걸 보고 시인은 그것이 "가슴을 치는 일"이라고 한다. 땅속 7년의 선정에서 깨어나 후생은 7일 동안 가슴을 치며 운다고 한다. 삶은 그토록 '아찔한 것'이어서 "숨구멍조차 열지 못하고/ 목이 차오르도록/ 저렇게 두꺼운 울음을 운다"고 한다. 뉘우치며 전생의 업을, "껍질을 벗기 위해/ 가슴을 치며" 운다고 한다.

이 역시 시인의 종교적 삶을 매미에 투영한 것으로 볼 수 있다. 어떤 종교든 알게 모르게 지은 죄를 반성하고 참회하는 것을 기본으로 한다. 여기서 보는 매미는 그야말로 숨도 쉬지 않을 만큼 처절하고 절박하게 운다. 시인은 그것을 참회의 울음으로 보는 것이다. 다시 태어나는 통과제의로 명상과 함께 기도 그리고 참회의 울음을 빼놓을 수 없다.

노란
은행나무가 눈을 떴다

빛으로 박혀
온몸을 비추고 서서
천리만리
바람을 따라갈 거라고 하더니

달빛도 우주도 들어가 박힌다
바람이 숨 쉬고
팔만 사천 개의 숨구멍이 열려
온몸으로

우주를 막 토해 낸다

겉은 단단하고 속은 무른 거라
이파리들이
천 개의 손, 천 개의 눈이 되어
황금 광명을 놓는다

사리를 만든 제 몸에선
지독한 냄새가 풍긴다
인욕의 향기를
발끝까지 토해 내며
온몸으로 생을 발하고 있다

　　　　　　　　　　　　　—「부처 나무」 전문

　불교의 가르침 가운데 하나가 인욕바라밀이다. 불자라면
닦아야 할 여섯 바라밀(지혜)이 있는데 이 가운데 욕됨을 참아
내는 지혜를 말한다. 아무리 곤욕困辱을 당하여도 마음을 움
직이지 않고 참고 견디는 수행이다. 바른길을 가자면 수많은
시기와 질투와 유혹이 따르고 비난과 모함이 따른다. 성서에
도 왼뺨을 때리거든 오른뺨도 내밀라는 가르침이 있듯이 욕
됨을 겪는 순간에 칼을 꺼내거나 같이 모욕으로 맞서는 것은
어리석다. 이 욕됨을 나의 수행을 부추기는 자양분으로 삼아
더욱 수행에 정진하는 것이 인욕이다.
　시인은 한 그루 황금빛 은행나무를 본다. "은행나무가 눈

을 떴다"는 표현은 물리적인 의미를 넘어서 '깨달음', 영혼의
개안開眼을 의미하는 것으로 읽을 수 있다. 노랗게 물든 은행
잎이 갈 곳은 '바람'이 가는 길이다. 바람은 형체(상)도 없고
머무는 곳(집착)도 없다. 그 텅 빈 바람의 품 안에 달빛뿐만 아
니라 온 우주가 깃든다. 그래서 은행잎은 천 개의 손, 천 개
의 눈이 된다. 불교에서 천수천안을 가진 관음보살을 상징하
는 것으로, 온 세상의 고통을 살피고 구제해 준다는 관음 사
상을 은행나무로 표현한 것이다. 나 혼자만의 깨달음이 아니
라 생명 가진 중생 모두의 구제를 목적으로 하는 대승불교의
대표적 신앙이 관음 사상이다.

　이 원대한 발원에는 참아 내야 할 수많은 치욕과 곤욕이 따
르기 마련이다. 그것을 참고 견디며 스스로를 이겨 내는 과정
이 수행이다. 은행나무는 지독한 악취를 참아 내며 열매를 맺
는다. 그 열매는 사람들에게 기쁨을 준다. 시인은 그것을 수
행자에게 맺힌다는 사리에 비유하고 있다. 종교적 깨달음을
함께 공유하는 회향의 의미로 읽을 수 있겠다.

　　부는 바람 등에 지고
　　여리고 작은 잎들은
　　움츠리고, 움츠려
　　더 얇아진다

　　바람에게 공손히
　　마음 쓰다듬으며

노란 꽃은 노란 마음으로
분홍 꽃은 분홍색 마음으로

애써 안녕하지 않아도
깊이 관여하지 않아도
바람에 마음결을 나누며
무게를 가두지 않는다.

얇고 희고 맑게
엷고도 곱게
바람에게 안녕 한다.
　　　　　　—「꽃들은 바람에 무게를 두지 않는다」 전문

　수행의 궁극적 도달점은 무엇인가? 시인은 그것을 상징적
언어로 "꽃"이라 이름한다. 꽃은 아름답고 향기로우며 가치
있는 그 어떤 것을 상징적으로 부를 때 쓰는 단어인 것이다.
여기서 등장하는 '바람'은 꽃의 가치에 반하는 부정적 의미로
쓰였다. 꽃처럼 아름답게 향기롭게 살려는 인간의 소망에 늘
시련과 역경과 고난은 따르기 마련이다. 모진 바람이 부는
날이 하루 이틀이던가. 그러나 꽃은 바람을 원망하거나 맞서
지 않는다. "움츠리고, 움츠려" 겸손하게 자세를 낮춘다. "바
람에게 공손히/ 마음 쓰다듬으며/ 노란 꽃은 노란 마음으로/
분홍 꽃은 분홍색 마음으로" 수행에 임하는 구도자의 자세가
아닐 수 없다. 곤욕을 참아 내고 본래 마음을 잃지 않으려는

수행자의 인욕의 자세이다. '바람'에 집착하지 않으며 오히려 "바람에 마음결을 나누며/ 무게를 가두지 않"고 분별심에 마음을 빼앗기지 않는 자유자재한 모습이다.

그리고 시인은 꽃을 통해 삶의 지향처를 꿈꾼다. "얇고 희고 맑게/ 엷고도 곱게" 꽃처럼 살고 싶은 것이다.

이 밖에도 시인이 꿈꾸는 삶의 모습은 시편 곳곳에 나타난다. 시인은 파꽃을 노래한다. "끈끈하고 맵다/ 질기고 곧다/ 줄기는 믿음처럼 푸르다". 그가 늘 닮고 싶은 모습을 '파꽃'에서 본다. 그 파꽃은 또한 "온갖 세상의 소리에도/ 꼿꼿하게/ 꽃대를 귀처럼 달고/ 당당하게 서 있다// 눈물이 자라서 안이 되고/ 조용하고 담대하게/ 푸르고/ 과묵하게 서 있다". 수행자로서 시인의 모습이 이렇듯 파꽃으로 그려진다.

몸에서 향기가 난다
말하지 않아도 향기가 난다
향기는 제 몸을 감싸고 돌고
잎맥은 나란히 제 몸을 향해 있다

얇은 손 , 양손을 펴서
진실만을 말하고 있다는 듯
엷은 미소를 지으며
널따란 손을 흔든다.

그저 내민 손

한 생의 이야기들을
바람에게 전하고 있다는 듯
날마다 향기를 건네고 있다

어둠에서도 향기가 나는
어느 곳에도 얽매이지 않는
허공에 피어 흐르는 수많은 손들
푸르고 향기로운 천수천안을 본다.

—「깻잎」전문

　맑고 향기로운 삶을 꿈꾸는 수행자적 삶은 '깻잎'을 통해
서도 드러난다. 오영자 시인의 시에는 분석적인 긴 해석이
나 설명이 필요 없다. 시인의 시는 평이한 일상적 언어로 직
조되어 있으며 종교적인 신앙을 바탕에 두고 있으면서도 종
교에 갇히지 않는 보편성을 획득하고 있다. 참회를 통해 일
체의 집착과 물욕으로부터도 벗어난 자유자재와 평화를 꿈
꾸고 있다. 그러면서 그것이 한 개인에 머물지 않고 "푸르고
향기로운 천수천안"으로 생명 가진 중생 모두에게 회향하기
를 꿈꾸고 있다.
　더욱 정진하여 맑고 향기로운 지점에서 시인의 시가 활짝
발화하기를 기원한다.

천년의시인선